A Cegonha e a Raposa

A CEGONHA E A RAPOSA ERAM GRANDES AMIGAS E ADORAVAM UMA FOFOCA.

— AMIGA, VOCÊ SOUBE DA ÚLTIMA? A CORUJA MUDOU O PENTEADO, E O NOVO VISUAL NÃO LHE CAIU NADA BEM — CONTAVA A CEGONHA.

— AI, QUE HORROR! E VOCÊ SABIA QUE O BURRO, O ENCALHADÃO, VAI SE CASAR? — COMPLETAVA A RAPOSA.

AS HORAS PASSAVAM SEM QUE PERCEBESSEM, E A AMIZADE ENTRE ELAS SÓ SE FORTALECIA. ERA DE DAR INVEJA AOS OUTROS ANIMAIS DO REINO.

ERAM DONAS DE CASA CAPRICHOSAS, E COLHER FLORES JUNTAS ACABOU VIRANDO UM JEITO DE AS DUAS SE ENCONTRAREM TODOS OS DIAS. MAS, NAQUELE DIA, A CONVERSA ESTAVA TÃO BOA QUE NEM SE DERAM CONTA DE QUE JÁ ESTAVA TARDE.

— VEJA SÓ, AMIGA. O SOL JÁ ESTÁ SE PONDO! DEVE SER POR ISSO QUE MINHA BARRIGA ESTÁ RONCANDO — DISSE A CEGONHA, COM MUITA FOME.

— VAMOS À MINHA CASA. EU JÁ QUERIA MESMO PREPARAR UM DELICIOSO JANTAR PARA CELEBRAR A NOSSA AMIZADE — RESPONDEU A RAPOSA.

LOGO CHEGARAM À TOCA DA RAPOSA.

— SINTA-SE COMO SE ESTIVESSE EM SUA PRÓPRIA CASA, AMIGA. DESCANSE NA MINHA CADEIRA DE BALANÇO ENQUANTO PREPARO NOSSA COMIDA.

O CHEIRO QUE VINHA DA COZINHA ERA SIMPLESMENTE DELICIOSO E SÓ AUMENTAVA O APETITE DA CEGONHA.

— SERÁ QUE ELA ESTÁ PREPARANDO O MEU PEIXE PREFERIDO? HUMMMM... TOMARA QUE SIM — PENSAVA A FAMINTA CEGONHA.

POUCO DEPOIS, A RAPOSA APARECEU COM UMA TRAVESSA DE SOPA DE PEIXE PARA SERVIR À AMIGA. MAS... NUM PRATO RASO. A CEGONHA JAMAIS CONSEGUIRIA TOMAR O CALDO OU COMER UMA LASQUINHA DE PEIXE COM O SEU BICO COMPRIDO.

— PARECE QUE VOCÊ NÃO GOSTOU DA SOPA — DISSE A RAPOSA, FINGINDO ESTAR PREOCUPADA.

— IMAGINA, AMIGA! A SOPA PARECE ÓTIMA, MAS INFELIZMENTE NÃO POSSO TOMÁ-LA. O MÉDICO DISSE QUE NÃO É PARA O MEU BICO — RESPONDEU A CEGONHA, QUE, MESMO DECEPCIONADA E FAMINTA, ACHOU MELHOR DISFARÇAR.

SEM SE IMPORTAR COM A AMIGA, A RAPOSA COMEU TUDO O QUE HAVIA NO SEU PRATO, NO DA VISITA E O QUE TINHA NA TRAVESSA. NÃO SOBROU NEM UMA GOTA PRA CONTAR A HISTÓRIA!

— AMIGA QUERIDA, JÁ ESTÁ TARDE E PRECISO VOLTAR PARA CASA. MAS ESPERO VOCÊ AMANHÃ NO MEU LAR, DOCE LAR, NA HORA DO ALMOÇO. MEIO-DIA! SERÁ UM ENORME PRAZER RETRIBUIR SUA GENTILEZA — DISSE A CEGONHA.

NO DIA SEGUINTE, A ANSIOSA RAPOSA CHEGOU PONTUALMENTE AO MEIO-DIA NA CASA DA AMIGA. HAVIA FLORES COLORIDAS EM CIMA DA MESA DA SALA, MÓVEIS DELICADOS E UM DELICIOSO CHEIRO DE CARNE NO AR.

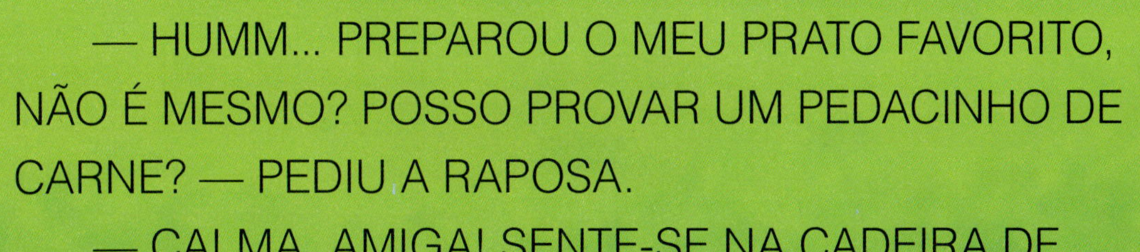

— HUMM... PREPAROU O MEU PRATO FAVORITO, NÃO É MESMO? POSSO PROVAR UM PEDACINHO DE CARNE? — PEDIU A RAPOSA.

— CALMA, AMIGA! SENTE-SE NA CADEIRA DE BALANÇO, APRECIE A VISTA E ESPERE ATÉ A COMIDA FICAR PRONTA. EU NÃO DEMORO.

A CEGONHA CHEGOU COM A COMIDA DENTRO DE DOIS JARROS, DE PESCOÇOS COMPRIDOS E BOCAS ESTREITAS. DESTA VEZ, QUEM TERIA DIFICULDADE PARA COMER SERIA A RAPOSA.

— QUE PENA! PARECE QUE VOCÊ NÃO GOSTOU DA MINHA COMIDA — DISSE A CEGONHA COM UM SORRISO NO ROSTO.

— NÃO É BEM ISSO... — TENTOU SE EXPLICAR A RAPOSA.

— POIS BEM. ASSIM, VOCÊ SENTE NO PRÓPRIO ESTÔMAGO O QUE SENTI ONTEM NO SEU JANTAR — SORRIU A CEGONHA, COM IRONIA.

DAQUELA SABOROSA REFEIÇÃO NA CASA DA CEGONHA, A RAPOSA SÓ CONSEGUIU LAMBER A PARTE EXTERNA DO JARRO. NADA DE FARTURA, NADA DE BANQUETE. NO MÁXIMO, O AMARGO SABOR DE UM TROCO BEM DADO.